Diglee

Forever BITCH

Tapas:-*

Dépôt légal : mars 2025. ISBN : 978-2-413-08875-2
Première édition parue en octobre 2013

Conception graphique : Studio Delcourt/Soleil

Achevé d'imprimer en février 2025
sur les presses de l'imprimerie PPO, à Palaiseau, France

www.editions-delcourt.fr

Toute ressemblance avec des personnes ou des situations existantes ou ayant existé ne saurait être que ~~fortuite~~. le résultat d'un long et laborieux travail d'observation.

Diglee

Présentations
Bonjour à tous. Je m'appelle Louise, comme ma grand-mère paternelle (heureusement qu'elle ne s'appelait pas Cunégonde ou Simone, on est d'accord.)
Ça, c'est Gaspar, mon chat. J'ai réalisé la prouesse suprême de posséder un félin dépressif, que je soigne au Prozac...
MÂÂÔW.
Je le vis bien.
Et l'année prochaine, je vais avoir trente ans.
Je le vis MAL.
Lui, c'est Fred. Mon homme.
Et en toute objectivité...
3 ans d'amour, bébé!
GRÂOU!
Ma B.F.F (Best Friend Forever, merci de vous acheter une culture...), c'est Audrey. Elle est belle, elle est clever, elle est...
Maquée.
Depuis un an.
Du coup, je la vois moins, la garce. Jonathan doit mieux savoir s'y prendre que moi.
(Pardon de ne pas te donner d'orgasme, chérie.)
C'est comme ça que j'ai fini par rencontrer...
Maud.

Elle est belle, elle est clever, elle est...
SINGLE, BABY !
Je l'ai ramassée à la petite cuillère à une soirée couples...
SYLVAIIIIN !!!
On devait venir ensemble et il m'a larguée !!!
Oh le connard !
C'est quoi ton nom, déjà ?...
Maud.
OK.
En plus on vit ensemble !
Et il voulait des enfants !
Et ça a été le coup de foudre amical.
J'ai donc réussi l'autre prouesse suprême de choisir deux meilleures potesses, TO-TA-LE-MENT opposées...
Alors je compose.
rrrrrrrrr
Diglee.

FLAGRANT DÉLIT
Coucou mon cœur! Ça va?
Ouiiii, et toi?
T'as passé une bonne journée?
Ouiiii!
T'as changé quelque chose, non?...
Heu... Non je crois pas.
Attends! Tes yeux, ils sont pas comme d'habitude, là?
Ah? bon!
T'as fait un truc, avoue!
Tu viens, j'ai apporté le dîner!
J'arrive!
Audrey Martin
il y a 2 secondes
Un homme qui remarque quand je change de mascara, ça c'est unique. ♥ Jo
J'aime . Commenter
?!!?
Tssss
Audrey Martin
AUDREY?!! C'est quoi ce trip bisounours, là? On avait dit mollo sur Facebook.
Signé Louise ta meilleure amie qui essaie de sauver ta dignité.
DOUDOU?!
Comment on fait déjà pour bloquer un ami sur nos statuts Facebook?
Diglee

Nouveau Départ

Ouais mais les sites gays, c'est pas pareil...
Vous en avez besoin pour vous trouver... Entre vous, tu vois.
Han! Non mais le CLI-CHÉ!!!
NOW I HAD THE TIME OF MY LIFE
Il y a de TOUT et pour tout le monde, sur internet.
Tu parles! Que des queutards ou des geeks.
Ouiiiii, mais Maud... même un petit date d'un soir, parfois...
Ouais, pour l'hygiène!
Faudra bien que tu entretiennes la machine!
Allez, trinquons!
À l'hygiène sexuelle de Maud!
J'AVAIS PAS RÉALISÉ QUE J'ALLAIS PLUS BAISEEEER!!!
Diglee

GASPAR FEVER
Hihi hi!
Rhâââ, Gaspar! y'a de la litière partout!
GASPAR PUTAIIIN!!!
MAAAAOW
OODWW
MAOW
MRAAAO
MROUA
MAA
mattention mmh
Écrase pas les grains de litière, Chou...
Oups! Pardon
KRRE
FRRRTTFRRTTTFRT FFRT FRRTTTTFRTTFRTT
Merde! T'as fermé la porte...
Rha chier!
MRÔW!
Oui Gaspar, Attends.
Tu viens, Chaton?
J'arrive!
Toi, tu bouffes et tu te TAIS.
mmh haaa... haan...
Ça te plaît?
ouiiiii...
mmh, t'aime ça, hein?
HAN!
MROOUUAOWW!
AAH!!!
...
Alors, cette soirée coquine?
Diglee

Conflit d'intérêt
Nan mais je me suis fait une raison...
Les mecs, c'est pour le cul, et c'est tout.
Oooh, dis pas ça, Chou!...
Ah non mais, ça me va!
Houlà, ça me suffit!
Mouais..
Attends, hier soir, je t'ai choppé un petit pompier, meuf...
CHAUD BOU-ILLANT.
Trois orgasmes d'affilée, sérieux, que demande le peuple?
Et puis pour tout le reste, j'ai ma choupinette d'amoûûûûr!
L'amitié y'a que ça de vrai.
Graaave. Je serai toujours là. ♡
Les fiiiiilles!!!
Ah ben enfin!
Holala, je suis désolée! Je sais, je suis en retard.
C'est Jonathan, il m'a fait une surprise quand je suis rentrée du boulot...
Il m'emmène en Corse pour nos 1 an! Il me l'a écrit sur le lit avec des roses et des bougies.
...
Oooh!!!
VA CREVER.
?
Mauvais timing..
Diglee

FIBRE MATERNELLE
C'est Jo qui a eu l'idée du déguisement de couple.
Ouaip! Je suis Arthur Miller.
Vous êtes BEAUUUX!!
C'est FOU ce monde! Les événements publics avec champagne offert, faut croire que ça marche! Y'a toute la ville!
Et Fred? Il est pas venu?
Fred? Hahaha, tu rigoles, y'a match, ce soir! Allemagne / Angleterre, alors tu penses...
Merde!
Salut les BIATCH!!!
Haaaaan!!!
T'as osé!
Hey OUAIS, Meuf!
Je suis la slutty-Cocci, BABY!
Si j'me trouve pas un p'tit bourdon ce soir, comme ça...
Kss kss!
Heu, coccinelle-bourdon, je vois pas le rapport?...
Et heu, vous c'est quoi votre délire, là?
Marilyn et Harry Potter?
YOUHOUUUU!
Surprise!
MA-MAN!?!
Eh oui!
Elle est pas belle, ta mère, comme ça? Hein?
On dirait deux sœurs!
Deux cocci sexy!
hu hu
T'aurais pas une lame de rasoir sur toi, par hasard, genre pour que je m'ouvre les veines?
... Je m'épile, chou.
Je suis désolée.
Diglee

Walt Disney
Dire que ça fait déjà 1 an avec Jo... J'ai l'impression que c'était hier !
Oui, c'est passé vite !
Je suis tellement contente ! Je me souviens encore de notre troisième rendez-vous...
C'était un dimanche après-midi, et il m'a emmenée au Parc. Il m'a dit qu'il avait une surprise pour moi...
On a marché jusqu'au lac, et LÀ ! Il m'a présentée à ses parents qui travaillaient à l'embarcadère...
Ils nous ont offert un tour de barque... Je me serais crue dans "La Petite Sirène" !
C'est trop chou, non ?
Z'êtes meugnons !
...
Tu... Tu ne le raconteras pas à Maud, hein ?
Miom, mmh t'inquiète, chuis pas folle miom.
Déjà qu'elle rit encore de votre "déguisement de couple", alors si je lui raconte ça... c'est fini.
Diglee.

in DA'ASS
SALIF À L'E
Nan mais franchement, les hétéros, avant de nous traiter de "tapettes", ils feraient bien de se prendre une bite dans le cul. Ils feraient moins les malins.
Tu m'étonnes! Je sais pas comment vous faites...
T'as jamais essayé?
AH, non! Ça doit faire trop MAL!
Mmh, vu la taille des mains de ton mec...
Tu ne devrais pas trop souffrir.
Meuh, je ne te permets pas! Mon homme est PAR-FAIT!
Arrêêêête, Julien!
Il a un corps sublime et...
Un petit zouzou!
Ah non, mais pour commencer c'est PARFAIT! On n'attaque pas tout de suite avec Rocco Siffredi...
De toute façon, j'en ai pas envie!
Tu l'as déjà fait, toi, Lou?
Joker.
Haha, mais évidemment, c'est moi qui lui ai tout appris!
On m'appelle "Maître Sodo". Demande-moi, et je ferai de toi une pro.
Rhô, t'es immonde!!! Je peux savourer mon cocktail tranquille?!
Ooooh, elle a peuuuur! C'est normal, Bibiche. Mais avec une bonne préparation, lubrifiant...
LALALALA
Je ne t'écoute paaaas!!!
2 semaines plus tard...
Loulouuuute?...
00:12
à Julien B
Message
Modifier
Bon, VITE FAIT en quelques mots, file-moi les règles de base pour... pour tu sais quoi! Maître Sodo j'ai besoin de vous!
VITE!!!
Diglee

PRESSION
Attends... Ça fait déjà 3 ans avec Fred ?!
Eeeh ! ouais !
Ouaaah !
Alooors, le mariage c'est pour quand ?
Nan mais heu, Charlotte, on est en 2012, on peut vivre ensemble sans se marier, hein.
Je t'assure.
Ben, écoute, moi avec Jérem...
Ça a été le coup de foudre DI-RECT.
OH Cha, c'est trop CHOU !
Je veux dire : quand c'est le bon, tu le sens.
Bâh oui, ça sert à rien d'attendre ! Surtout qu'on ne va pas en rajeunissant...
Nan mais vous êtes TELLEMENT "vieille France", les filles.
Nous avec Fred, on s'aime, on n'a pas besoin de signer trois papiers pour rassurer la société...
C'est d'un conventionnel...
Regarde Solène ! Après 7 ANS de relation, BOUM ! Célibataire et sans enfant ! À 34 ans ! Quel gâchis !
Ah ben voilà, exemple typique ! Elle se serait demandé pourquoi il refusait de l'épouser, elle aurait pas perdu 7 ans de sa vie à essayer de le changer !..
Exactement.
Ça va, Chaton ?
Diglee.

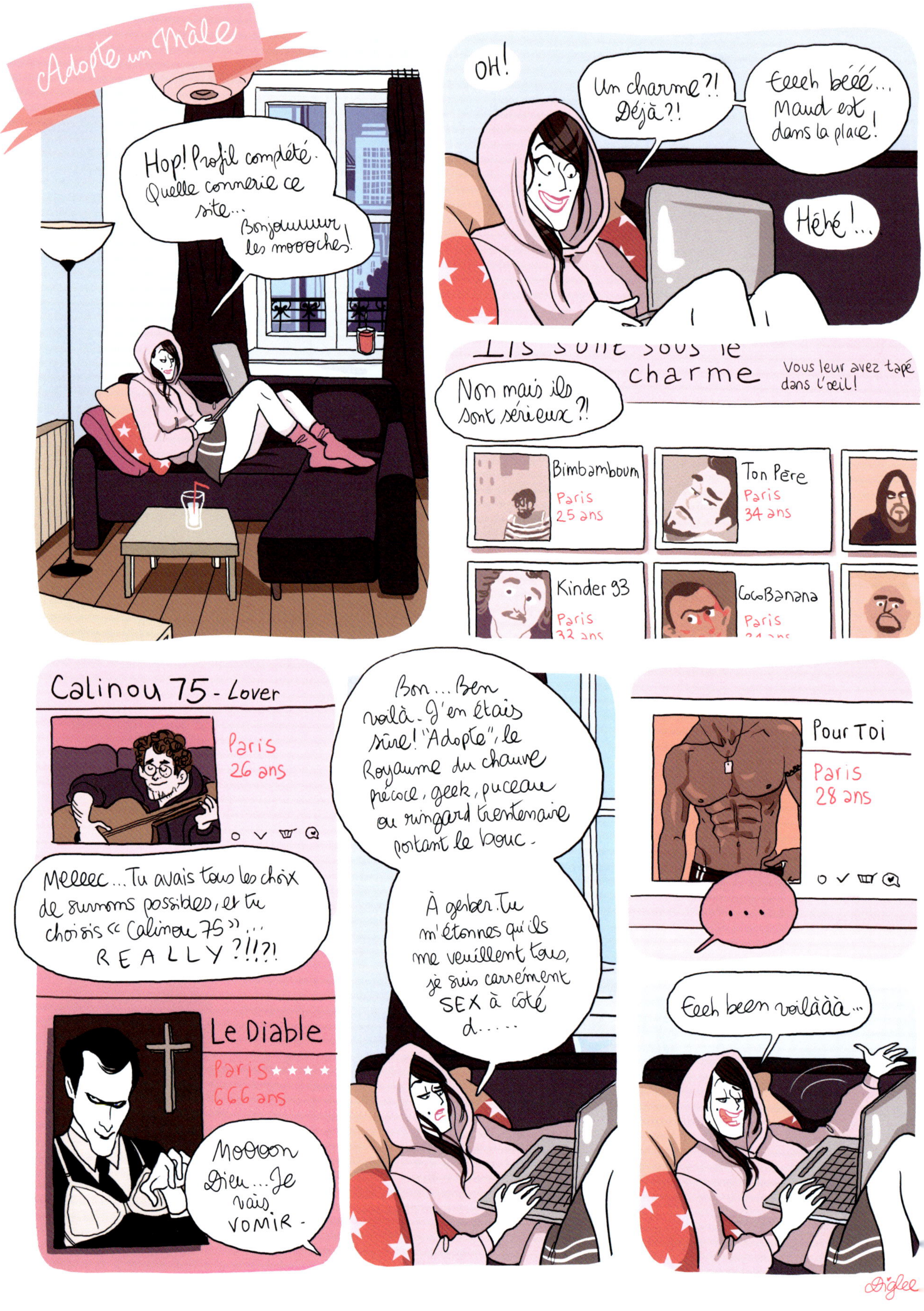
Adopte un Mâle
Hop! Profil complété. Quelle connerie ce site... Bonjouuuur les moooches!
OH!
Un charme?! Déjà?!
Eeeeh béééé... Maud est dans la place!
Héhé!...
Ils sont sous le charme
Vous leur avez tapé dans l'œil!
Non mais ils sont sérieux?!
Bimbamboum
Paris
25 ans
Ton Père
Paris
34 ans
Kinder 93
Paris
CocoBanana
Paris
Calinou 75 - Lover
Paris
26 ans
Meeeec... Tu avais tous les choix de surnoms possibles, et tu choisis « Calinou 75 »... REALLY?!!?!
Le Diable
Paris
666 ans
Moooon Dieu... Je vais VOMIR.
Bon... Ben voilà. J'en étais sûre! "Adopte", le Royaume du chauve précoce, geek, puceau ou ringard trentenaire portant le bouc.
À gerber. Tu m'étonnes qu'ils me veuillent tous, je suis carrément SEX à côté d.....
Pour Toi
Paris
28 ans
...
Eeeh been voilààà...
Diglee

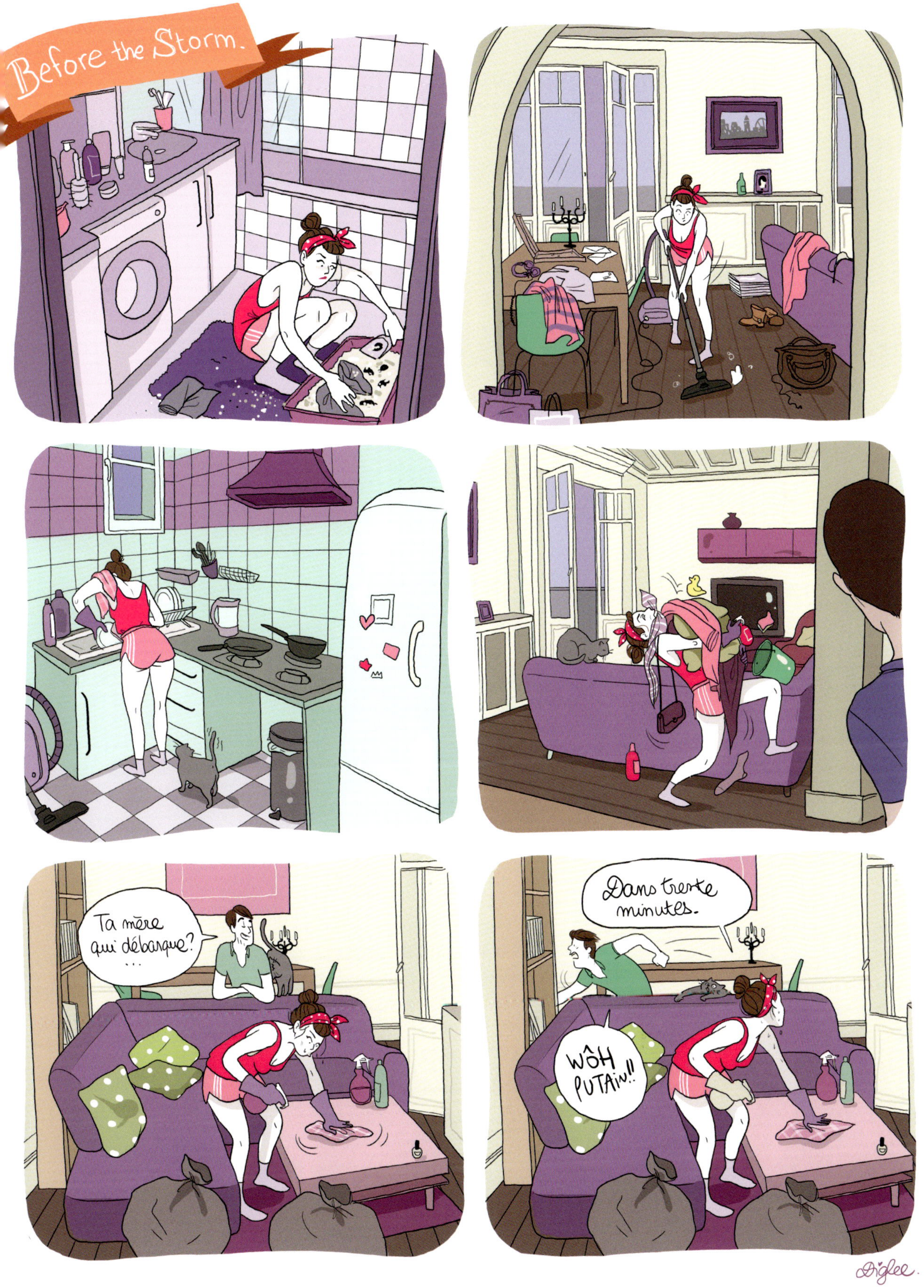
Before the Storm.
Ta mère qui débarque? ...
Dans trente minutes.
WÔH PUTAIN!!
Diglee.

Telle Mère...
Holalaaa, quelle galère pour se garer chez vous ! Vingt minutes que je tourne !
Bonjour Maman.
Tiens, mets-ça au frais, c'est les restes de mon rôti de veau.
Ça fera au moins un truc de sain dans votre frigo.
Bonjour Gladys !
Bonjour Frédéric. Ça va le travail ?
Oui, ça va, on est en train de
peu importe
Ton père n'a pas pu venir.
Comme d'habitude hein : trop de boulot.
T'aurais pu mettre une robe quand même, Loulou... On ne se voit jamais, tu pourrais faire un effort.
J'ai mis un noeud dans mes cheveux.
Holaaa, dis ! Ce chat, il est énorme ! Tu le nourris au lait concentré, c'est pas possible ?!
Tu sais, c'est mauvais de trop les gâter... Je l'ai encore lu ce week-end dans un article.
Juste un peu de croquettes en permanence dans une gamelle, pas plus.
À taaaaable !
Et donc tu gardes la frange ? Je te préfère le front dégagé quand même... Non ?
Oh, tu l'as fait trop cuire, Bébé...
Tu trouves ?
Oh, mais laisse-le vivre, ce pauvre Fred, un peu !
Tu ne peux pas t'empêcher de critiquer, ma Lou, c'est fou ça !...
T'es bien comme ton père, tiens...
Diglee

Notre Belle Famille
Aaah!
Enfin quelqu'un qui apprécie mes endives au jambon!
Oui, c'était délicieux! Je me suis régalée!
Non parce qu'avec ces deux têtes de mule qui n'aiment rien, c'est un casse-tête de cuisiner!
Attendez, je vais vous aider à débarrasser!
Rrrôôh Audrey!!!
Tu es l'INVITÉE, enfin! Jonathan est un grand garçon, il va s'en occuper...
Hein mon grand! Allez, fais-moi marcher ces deux grandes guiboles.
Tu ne vas pas faire comme ton père et rester les pieds sous la table...
Et voilà le tiramisu! D'après une recette traditionnelle italienne!
Hi, j'adore le tiramisu! J'en fais souvent!
Oh dis! Et elle cuisine!
Fiston! Je ne sais pas pourquoi elle t'a choisi, mais il faut absolument la garder!
Elle est mignonne en plus...
On t'a pas sonné, Denis...
Non parce que Jonathan, à part des pâtes au beurre trop cuites, la cuisine, c'est pas son truc...
HA HA HA HA HA HA HA
Si, le bol de Chocapic, ça, il gère!
J'adore tellement tes parents! Pourquoi on n'y va pas plus souvent?
...
Diglee.

SEXY BACK.
Alors, ce rencard ?...
Pff...
Ch'ais pas.
Il est pas maaal... Mais il me chauffe pas la culotte, quoi.
Merciiii, Maud..
Nan mais il est là, à me regarder dans le blanc des yeux... AGIS, mec !
Bôh... C'est un timide !
Oui, ben les timides, depuis la 5e ça ne me fait plus bander.
Mauuuud...
Attends, en plus en dessert, il a commandé du Saint-Marcellin !
En first date !
Et après, il s'étonne que je ne lui saute pas sur la bouche...
Oui, bon...
O.K.
Nan puis... y'a autre chose...
AH.
J'en étais sûre.
Je... j'ai voulu le chauffer un peu par sms pour le décoincer.
...Moui... Et ?

Je lui ai demandé s'il aimait donner la fessée.
Pour RIRE, tu vois?
Des desserts?
Une mousse, au chocolat s'il vous plaît.
Voilà sa réponse: "Non, les fessées c'est pas trop mon truc... Mais par contre j'aime bien le cuni!"
PARDON?!
Non mais BONJOUR le manque de classe.
Attends! En plus il ajoute: "Même si parfois le goût n'est pas terrible, LOL."
(Non parce que le goût du gland suintant, c'est sûr, c'est que du bonheur.)
Je suis choquée.
!!!...
Nooon...
Attends, y'a pire.
Deux minutes après il m'envoie (Attention, c'est violent...): "Tu sais... l'anulingus ne me dérange pas non plus."
!?!!!
Non mais, et le goût de l'anulingus, on en parle?
Je me sens salie.
Donc on est d'accord: Je zappe?...
Beuaaaah, oui! ZAPPE.
Sérieusement! Même mon Iphone ne veut pas écrire "anulingus".
Ça devrait être proscrit de la langue française.
Excusez-moi? Je vais annuler ma mousse au chocolat, s'il vous plaît.
Diglee.

JALOUSIE
Écoute : je t'ai demandé de venir parce que je veux te parler de quelque chose...
Oui ?
Qu'est-ce qui se passe ?.. C'est Jo ?
Non, c'est... enfin c'est plutôt... toi... Hem.
Moi ?!
Non mais c'est Maud... Elle est tout le temps là, et vous êtes toujours fourrées ensemble... J'ai l'impression de te perdre...
Ooooh Choupette !... Mais non...
Je sais que c'est dur. Mais tu comprends, Maud elle est au plus bas en ce moment.
Elle vient de se faire larguer, elle souffre, elle a besoin d'une amie.
Mouais... Elle souffre, elle souffre...
Si avoir 3 orgasmes par nuit et s'en vanter H24 c'est souffrir...
Nooon... Mais justement ! C'est parce qu'elle se sent seule qu'elle enchaîne les plans d'un soir !
Attends, elle a mis des crottes de chien dans la boîte aux lettres de Sylvain...
Elle n'a pas encore tourné la page...
Mmh...
C'est juste que je te sens tellement LOIN ! Je ne veux pas te perdre, et...
TULULU
...
C'est elle ?...
Noooon ...
Qu'est-ce qu'elle dit ?
Se faire mettre la misère 4 fois de suite par 1 renoi ultra HOT :
...Je vois où tu veux en venir.
Diglee

BIATCH FOREVER
HAN!! Chou, t'as vu la dernière photo de Solène ?!
Nan, où ça ? Facebook ?
MON DIEU, il FAUT que tu voies ça. Genre là tout de suite !!!
Tant que ça ?
Elle est tellement CHEUM dessus, c'est énorme !
T'es méchaaante...
Nan mais attends de voir le morceau !
HAN ! MERDE !!!
Mais elle le fait exprès, c'est pas possible !?
Et elle l'a mise en photo de PROFIL !
Mooon Dieuuu...
Un goret.
Donc elle S'AIME dessus.
Ho, c'est horrible... Non mais les narines, quoi !
Tu sais quoi ? Dans un sens, je la remercie, cette meuf...
Parce que honnêtement, j'avoue : quand j'ai pas le moral, je vais mater ses photos de profil.
Et je te jure, je me sens ultra bonnasse direct.
Hahaha, t'es horrible !!!
Meuuuh, je rigole. Je l'adore.
Allez, pour la peine je lui mets un "j'aime" à sa photo de Peggy.
Si c'est pas de la pure bonté, ça.
Diglee.

THE SINGLE LADIES
'Tain, j'en ai marre d'être célibataire!!!
Ça me GAVE!!!
Ben... T'es difficile aussi, Chouchou...
HEIN?!! Attends, je demande pas la lune non plus!
Je veux un gars un minimum mignon, qui a du charme, au moins.
Oui, normal.
Mais pas non plus Brad Pitt, tu vois.
Genre Matthew Perry?
Ah non, quand même pas!
Ah, ok.
Un mec qui soit riche, tant qu'à faire... Question confort, quoi.
Ah ben ça!
Pas non plus milliardaire, mais... Oh, quoi. Que... Comme ça, t'es tranquille à vie.
Certes.
Bon, milliardaire c'est une option.
Mmh, et bon au lit, surtout. Tu sais, le mec qui aime VRAIMENT ça.
Évidemment.
Qui te prend en deux minutes dans la salle de bain, tac-tac, que tu sois épilée ou pas...
Un gars qui aime le cul un peu sale tu vois?
Ouais ouais je vois que j'ai compris.

Ah oui, et puis faut qu'il soit un peu intello... Un mec qui lit, c'est trop sexy !
"Intello", toi ?...
Nan, mais quand même marrant.
Ah ben, si il est marrant, alors...
Bon, Maud... T'es au courant qu'il va falloir choisir ?...
Parce que déjà, il y a une incohérence, là !...
Les mecs bons au lit, c'est pas les plus beaux...
Les plus beaux, ils n'ont rien à prouver, ils croient que t'es en extase rien qu'en les regardant...
Pas faux...
Nan puis un mec riche, ça veut dire que tu te coltines toute la "bonne famille" de bourges qui t'empêchera de te voir...
Bâh c'est romantique.
OU ALORS :
Il faudrait que ce soit un "nouveau riche" !
héhé !
Ça veut juste dire qu'il a de l'ambition !
Bâh, dans ce cas-là, choisis un "nouveau beau", aussi.
Un qui a été moche et impopulaire toute sa vie et qui a pris un bon virage à la puberté tu vois...
Et comme il avait pas de copine au lycée, il lisait à fond, et il a la tête bourrée de fantasmes de fou.
HAN !
Pas con !
Donc tu veux juste un beau ancien moche qui est devenu riche grâce à son ambition, qui lit, qui est drôle et qui baise comme un dieu...
(si je résume)
See what I mean ?...
Ouuuuh, toi, t'essaies de me caser avec un de tes potes !
C'est qui ? C'est Benoît, nan ?
J'ai bien vu comme il m'a regardée à la soirée de Marie...
Diglee

MENSONGE
OUCH!!! Attends, mon genou...
CRACK
Aïe!
Oups, désolé!
Comme ça, c'est mieux?
Mmh... mouiiii... Aïe!
Quoi?
Ma jambe, elle coince!
Attends... Voilà...
Mmh... Chaton?
On peut changer? J'ai mal aux abdos, là...
Ça va, bébé?
Houmph!
Oui, oui, attends... pfiou, petite pause!
suis essoufflée...
HAAN!...
OOÛCH! Attends, je prends un petit coussin pour me surélever le bassin.
AÏE AÏE AÏE AÏE AÏE AÏE AÏE CRAMPE! CRAMPE!!! CRAMPE!
STOP!!!
« Le sport en chambre », ou comment se muscler sans s'en rendre compte!
CONNERIES.

ENGAGEMENT
Bébé ? Dis-moi... J'y réfléchis depuis un moment : ça ne te dirait pas d'acheter un appart avec moi ?...
Je sais pas... Tu crois qu'on est prêts ?
Ben... je pense, oui ! On travaille tous les deux et on est super sérieux question dépenses...
Non parce que... J'aurais bien aimé qu'on achète une voiture... Une voiture à nous...
Comme on n'en a pas besoin tous les jours, on se la prêterait...
Et puis le week-end on pourrait partir rouler, passer deux jours au bord de la mer et rentrer...
Oui, c'est sûr... mais une voiture en ville...
Je pensais qu'au moins, en achetant l'appartement, on placerait notre argent, tu vois... on pourrait mettre de côté, enfin...
Et puis ça nous faisait surtout un truc à nous deux... Qui porte nos deux noms...
Et c'est comme ça qu'il m'a offert ...
HIIIIII!
MAYA !!!
Diglee.

M.I.L.F.
Bon alors, ce dernier rencard ? ...
Ben, je l'ai revu mardi soir...
Ouuuuuh ! et... ?
Hinhin !
NooOOon, Maud !!! Mais il avait quel âge ?!
oooh, ça va, il a 20 ans ! enfin, dans 6 mois ...
Sale COUGAAAR.
Et aloooors ? C'était bien ?
Ouais ouais ...
Comment ça, "ouais ouais" ?
Ben ch'ais pas, t'sais des fois...
Mauuuud ...
Je ... je me suis un peu laissée aller, on va dire.
...
APPELLE-MOI MAMAN !!!
Ch'ais pas, c'est venu et j'l'ai dit, voilà...
Nan nan, je comprends.
mamounette.
TA GUEULE.
Il a kiffé.
Diglee

Juste une idée...
Holalaaaa...
Quoi?
Nan mais c'est Caro, là... Elle poste plus QUE des photos d'elle et Seb sur Facebook...
OK
Caroline B
C'est lourd à force.
Attends, elle a MON ÂGE, et elle est MA-RIÉE!
Cherchez l'erreur!
Bâââah...
...
Quoi?
Nan rien.
MRAOOOW
Tu les trouves pathétiques et ridicules?
Nan, je les trouve plutôt chanceux.
Hein mon Gaspar?
...
rrrrrrrooorrrooorrrrr
Mouais. Un peu pathos quand même.
Audrey & Maud
AAAAAAAH!!!!
Fred veut se marier!!!!
Meeting d'urgence ce soir à 18h au Broc!!!
Hiiiiiiii!!! ♥
C'est quoi cette blague?
Diglee.

KEEP CALM
Nan mais GENRE, il t'a sorti ça comme ça, NORMAL.
Un mojito s'il vous plaît!
Deux!
Trois!
BROC' CAFÉ
SALLE À L'ÉTAGE
Tu vas faire quoi ?!! Tu crois qu'il économise pour la bague?
SALLE A
Nan mais Maud, il a juste dit que "l'idée ne lui déplaisait pas"...
Ça veut rien dire.
Heu... ALLÔ! C'est un mâle de moins de 30 ans. Il est censé être ultra flippé.
Bâh moi, Jonathan il m'en parle souvent. Des mecs stables et sérieux ça existe aussi.
Ouais ouais, enfin attends d'avoir la bague au doigt, Raiponce, et on en reparle.
On n'est pas pressés, NOUS.
Putain il arrive, ce mojito ?!!
Je pourrais t'aider en plus! J'ai organisé 4 mariages depuis 8 mois, j'adore ça!!!
Euh ouais ça va aller, hein, c'est une grande fille.
SALLE A L'ÉT
Eeeet voilà! 3 mojitos!
SAL
Merciiii...
Aaah!
ABOUAR!
Bon, les filles.
Trinquons. À ma probable nouvelle vie de femme mariée.
OUAIS!
Hey, il est pas TROP HOT, le serveur ?!!
Il est gay, Maud.
Je vais mourir seule
Je vais mourir seule
Je vais mourir seule
Je vais mourir seule
Jonathan♥
C'est normal, d'avoir peur. Tout le monde a peur. C'est BON signe, même, si on va par là.
Non?
Diglee

CONFLIT DE GÉNÉRATION
Mamie?
Comment tu l'as rencontré, Papy?
Ouuh ben on était jeunes, dis!...
Quand il m'a vue dans un café la première fois, il m'a invitée à sortir illico.
Waaah...
Oh mais j'étais un joli brin de fille, hein!
Tu as vu les photos?
Avec mes cheveux sur le côté, je ressemblais à Dorothy Lamour...
Tiens, regarde les photos derrière, sur le secrétaire...
Alors il m'a fait la cour, tu vois. Mais attention! Ha! Je n'étais pas une fille facile, moi.
Ah non.
Il était beau?
Ah, oui, il était charmant.
Alors je lui ai dit qu'on le jouerait à pile ou face.
NON?!!
Ah voui.
J'ai lancé la pièce, il a dit "pile", et c'est tombé sur "face". Rhô il était fâché!
Quelle allumeuse mamie!
OH, DIS.
huhuhu
Donc il est parti, furax. Et le lendemain, il a frappé chez moi à 11 H du matin, fringant...
Avec un énorme bouquet de violettes.
Et il m'a dit qu'il ne croyait pas en la chance, mais qu'il croyait en l'amour.
HAAAAN...
Ah voui.
Ça c'était Papy. C'était un coquin, avec son caractère...
Et toi alors, ton fiancé, comment tu l'as rencontré, ma Cocotte?
Bôôôôh...
Diglee.

Une question de PRINCIPE
Ouaiiiis, on a tchatté toute la nuit...
Il est super cool, je te jure : drôle, mignon...
Je le kiffe !
HOTEL
Je sais, je sais...
Mais pourtant il est top ! Ouais je pense, il n'y a que 2 photos de lui, mais bonjour la bombe !
Il est métis, 1 m 83, sportif...
Ouaiiiis, graaave !
Je le retrouve pour un verre, là.
Oui, madame, un VERRE, parfaitement !
Et je...
Attends...
HEUUUU... le mec porte une banane sur un jogging blanc.
Je ne PEUX PAS tomber aussi bas.
... Je peux ?

VIRILITÉ.
Qu'est-ce qui va pas, Audrey? Tu dis rien depuis dix minutes!
Rien, rien...
HOMIÈS
Go Topless
C'est quoi le problème, mon petit bouchon?
C'est Jo? Qu'est-ce qu'il a fait encore?
Nooon... il a rien fait... C'est que... je viens de découvrir quelque chose et... je ne sais pas comment le prendre...
Il aime les hommes?
NON.
Dommage.
Ben... en fait l'autre soir, on était chez ma mère, et il est allé aux toilettes...
Le connard.
Et en ressortant, il... il a parlé d'un article qu'il avait lu là-bas...
...Et?...
Ben c'est HORRIBLE! Soit il va faire CACA sans gêne chez ma mère... Soit ça veut dire qu'il fait pipi ASSIS.
Je ne sais pas lequel est le pire...
...
...T'es sérieuse?
Attends, s'il commence à faire la grosse commission chez ma mère, c'est la FIN de la romance!
Non mais, eh, il est humain, hein!
Oui, et s'il pisse assis?!
Aaah, là...
Heu, il n'y a rien de mal à pisser assis! C'est beaucoup plus hygiénique!
Je peux avoir l'avis d'un hétéro, s'il vous plaît?...
BITCH!
Mais je ne comprends PAS!!! Pourquoi pisser assis quand on peut célébrer sa virilité en pissant debout, triomphant de testostérone?!
Non mais ALLÔ?!!
Bonjour l'intolérance et les clichés machistes!!
Tu as un mec à qui tu n'as pas besoin de dire de baisser la lunette, assez sûr de sa virilité et assez respectueux de l'hygiène pour pisser assis...
Et tu TE PLAINS ?!!
Je suis DÉÇU, Audrey.
Dé-çu.
...
Mais tu pourrais faire un mini-sondage chez les hétéros que tu connais? Juste pour être sûre que c'est pas bizarre...?
Diglee.

On se rassure comme on peut...
Regarde... C'est Myrtille, la nouvelle meuf de Sylvain.
(MON Sylvain.)
Elle est canon, cette grognasse.
Bôh, franchement, pas tant que ça...
Ah ouais?
Ça, c'est le genre de fille qui a un cul de petit garçon.
Je le vois direct, ça.
Tu sais, tout carré et tout dur, avec des grosses fossettes...
AAAH DÉGUEU!
Mais ouais, les mecs ils détestent ça.

Nan et puis attends : moi, je l'ai vue sans maquillage, c'est pas la même.
Bah ouais, pis c'est facile quand tu peux te payer du CHANEL.
La meuf je l'ai checkée sur facebook : profil ouvert, et un album "me, myself and I" de 174 photos...
HAAAN la loose !
Ouais ! une vraie "Attention whore".
Nan puis une fille comme ça, c'est trop lisse, tu vois, ça n'a aucun charme.
C'est vrai.
CA-RRÉ-MENT.
Je veux BOIRE.
Vodka ?
Diglee

La Vérité qui fait MAL
Pfff t'façon j'suis sur un coup en ce moment...
LAISSE TOMBER.
Sur "Adopte"?
Naaan, "Adopte" c'est over.
Non, c'est un client à la banque : M. Jayet.
À chaque fois qu'il passe, il me tape la discut'.
Il m'a demandé mon tél la semaine dernière...
Et tu verrais son petit cul...
WI-NNER.
Il m'a écrit hier mais je le fais mariner un peu. Héhé.
Maligne.
Et du coup, ça va, tu ne penses plus à Sylvain?..
SYLVAIN?!! Tellement pas!
Ressortir avec un ex, c'est comme ravaler son vomi...
C'est toujours acide.
En plus, il est teeeellement beau : si on faisait des gosses ils seraient juste PAR-FAITS.
Oui, parce qu'après un sms sans réponse, c'est sûr, vous en êtes déjà là...
Moi je me dis, franchement les meufs elles devaient être vachement plus heureuses dans le temps...
Elles étaient mariées avec leurs gosses et la campagne...
La vie était simple.
Maintenant on bosse, on prend la pilule, on date... On veut tout à la fois!
Sérieusement, moi je veux bien aller cueillir le raisin dans les champs en croc's et faire la popote le soir...
Des fois quand je regarde "L'Amour est dans le pré", je te jure ça me fait rêver, un peu...
WOUAAAH! Pour la première fois, je constate les dangers de l'abus d'alcool...
et c'est effrayant...
Diglee

CONFESSIONS INTIMES

L'effet MOJITO
Pitié pitié pitié, pas de photooos...
CRÉDI AGRI
Louise vous a identifiée
J'ai... ...er - Partage
OH LA PUTE.
Ça va, Maud? T'as une mine de chiottes.
Merci, Thibaut, TOUT VA BIEN c'est la folie dans ma vie, Tchaô bonne journée.
...Ne pas vomir ne pas... vomir...
Maud? Tu as le dossier de Mme Hubert à récupérer, tu...
SYLVIE!!!
Couvre-moi.
BOULANGERI
Maud? Est-ce que...
NON! Sylvie... Pas maintenant. J'ai la GUEULE DE BOIS j'ai bu comme un TROU toute la nuit dans un club cubain en string et j'ai MAL AUX CHEVEUX. OKAAY?
Alors laisse-moi savourer mon Saint-Marcellin et ma ficelle aux lardons. MERCI.
Monsieur Jayet est là pour son RDV de 10H...
...

L'effet Mojito #2
So... hem, the client was very.. hev.. happy.. hem.
Well..
Note à moi-même : éviter les cuites une veille de téléconférence en anglais.
Diglee.

SURPRISE
C'était bien le jour pour avoir la gueule de bois ! Pfffff...
Ooh...
C'était pas si mal.
Louise !
Tu viens avec nous ? On sort tous fêter ça au Broc ce soir !
À ton avis ?
Bon ben à demain !
À demaiiin !
mââââow !
SURPRISE !!
Ce soir... on décolle pour New York.
HEIN ?!
MÂ ?!!
Aiglee

New York City
LOVE
Diglee

That's all folks!
Bébé?...
Bâh, t'étais où?! Il est super tard!
J'étais... j'étais dehors...
...Je réfléchissais.
Tu réfléchissais? À quoi?...
Bébé, ça va?...
Non. Ça va pas.
C'est nous... Ça va trop vite...
Quoi?...
Mais ça fait un an, quand même...
Oui, ben pour un an on est beaucoup trop collés. Ça m'oppresse.
J'ai rien vécu, tu comprends? À part toi, j'ai connu personne, c'est impossible pour moi de me projeter comme ça...
...sans autre expérience...
Tu... tu plaisantes?!
Non. Je suis désolé.. C'est pas toi, c'est moi... J'ai besoin de vivre de nouvelles choses..
De me connaître.. Seul.
...Tu m'attendras?
Bonjour, vous êtes bien sur la messagerie de Louise, laissez-moi un message! BIP
Diglee

Déclaration
LE BRO BAR
Rhôâââ, mais qu'eeest-ce qu'elle fout ? Elle nous donne rendez-vous et elle est même pas fichue d'être là à l'heure...
Ça va toi ? T'as l'air bizarre...
LES FIiiiiLLES !!!
Aaah enfin.
Mes chatons... Je reviens de New York. Fred m'a fait la surprise, il a tout organisé à mon boulot... 4 jours de pur bonheur en amoureux...
Mmmh... J'ai pas beaucoup dormi...
Bon, c'est quoi la BIG nouvelle ? Parce que j'ai un cours de body pump dans 20 minutes...
Bah laisse-la parler peut-être...
On s'est promenés dans Central Park et, sur le ponton du boathouse...
Il m'a demandée en MARIAGE !!!!
...
BEUAAAAAH !!!
Heu... ?
Fais voir la bague !
Diglee.

L'Amitié -
Et voilà, il me l'a sorti D'UN COUP comme ça... Sans aucun signe avant-coureur, RIEN !
Rhôôô, le con.
C'est LUI qui parlait mariage et bébé... C'est LUI qui ne voulait jamais qu'on se sépare...
Et là, BOUM, Monsieur se réveille et veut sa lib...
...
Jonathan a changé sa pho
Audrey? ...
C'est une BLAGUE ?!!
T'es sur son Facebook, là...
Nooon...
Chou, arrête tout de suite !!!
Audrey !!!
Donne-moi ça !
NOOooON !
Je VEUX SAVOIR, c'est mon DROIT !
C'est pour ton bien.
Si tu crois que ça va m'empêcher d'aller le chercher...

Mise au point
Chou... Il faut que je te parle de quelque chose...
Mmmh?
C'est à propos d'Audrey...
I ♥ SEX & THE CITY
Aaaah ben ça m'avait manqué, tiens !
Laisse-moi deviner ! On a découvert que c'est la cousine cachée de Taylor Swift ?
OH MON DIEU !!!
Un Bisounours manque à l'appel !!!
Elle a parlé à un dauphin récemment ?
On va utiliser sa page Facebook pour pacifier l'Univers ?
Non attends !
Elle a oublié d'instagramer son chat et son mec aujourd'hui, et l'État s'inquiète ?!
Non, pas vraiment, non.
Jo l'a quittée sans raison, elle est au fond du trou.
...
Donc si tu pouvais la ménager un peu...
Ce serait louable.
WAIT WHAAT ?!!
Raiponce est célibataire et EN PLUS je ne peux PLUS la TACLER ?!
Attends Attends Attends...
Je sais.
Tu as une heure de zumba pour évacuer.
Diglee.

C.Q.F.D
Putain mais MEUF!!!
T'es sérieuse ?!
Comment j'y crois, moi, à votre bordel de Prince Charmant, maintenant ?!
HEIN ?!!
Faut faire QUOI pour garder un mec dans ce pays POURRI ?! Tu m'expliques ?
Non mais MERCI.
Merci de piétiner mes rêves, Audrey.
Allô ? Tu m'écoutes ?
Diglee.

VIEILLES FILLES
Du coup j'ai le temps de voir plein de films !
TULULUU TUULUUU LUU
Allô ?
C'est mon frère !
Hey you ! Ouiiii, et toi ?
Haha !
Aaah, non, ce soir je peux pas...
Nan on se fait une petite soirée meufs chez Louise.
QUOI ?!!...
Les "mémères" ?!!
Mais je t'emmerde !!!
Nan mais ça va, c'est pas parce qu'on sort pas UN vendredi soir, que ça y est, on est des mémères !
C'est quoi ce préjugé à 2 balles, là ?
PICARD
Han, quel CON ! J'hallucine !
Bon alors je prends quoi ? "mini-boudins blancs aux morilles" ou "mini-brochettes de légumes confits" ?
Prends les brochettes, je digère pas le boudin.
Diglee.

Enterrement de vie de jeune FILLE -
Alors moi, je vois un truc supachic. Genre la star hollywoodienne années trente, très Mae West.
On fait une fausse soirée Prohibition dans le Chicago de Capone, avec des boas de plumes, des bars à cocktails...
ambiance tamisée, rideaux de velours et cigarettes...
STOOOP!!!... BORING ALERT!
Julien, on n'est pas dans un cours d'histoire.
J'annonce:
... je VEUX des hommes NUS.
Et voilà, ça commence...
Cela dit, je ne suis pas contre non plus..
Bâh c'est la BASE de l'enterrement de vie de jeune fille, en fait.
Où est la romance là-dedans? Hein? Moi j'aurais vu un thème plus romantique...
Genre une ambiance Adam et Ève, très...
OUAIS!!! TOUS À POIL!
Noooon... rhaaa.
Non, mais une fête très nature, avec couronnes de fleurs, petites fontaines, du lierre, des colombes...
Achevez-moi.
Non mais dans ce cas, allons-y à fond: Le SACRE du PRINTEMPS! Stravinsky, la Russie sanglante, la PASSION... Coco Chanel, l'Opéra!!!
DES. HOMMES. NUS.
C'est quand même pas compliqué, MERDE!
on va jamaiiiis y arriveeeeeer...

UN SAMEDI SOIR ORDINAIRE
Oui, mais si on met des lys sur les tables, le parfum risque d'être entêtant en mangeant...
Ah, mince.
Et si on met des roses blanches?
Quel con...
Je devais dire adieu à Mister Big.
MAAAUUD?!!
C'est maintenant que tu GUEULES.
Putain mais elle est où, là? Le feu d'artifice va commencer!
Diglee.

Reprise en main
OH LA VACHE !!!
SATAN !!!
Leçon n°1 : Éliminer la cause du laisser-aller !
Tu vois, Maya...
...si je brûle les photos de ce connard, par exemple, c'est BIEN.
MA?
Adieu T-shirt délavé, informe et PUANT...
Maya...
Adieu DVD guimauve ou déprimants...
MOULIN ROUGE
PRETTY WOMAN
LE JOURNAL DE BRIDGET JONES
love actually
TITANIC
I'M BACK.
Diglee

Single & FABULOUS
Alors, ma biche... Comment ça va, toi?...
Tu tiens le coup?
Oui, carrément.
Finalement c'est une très bonne chose.
Je me sens libérée.
Parce que bon à ce train-là, on avait des gosses dans 2 ans.
Non mais t'imagines?
Mariée, deux gosses, figée dans une vie plan-plan à 27 ans?
Alors que j'ai envie de faire tellement de choses!!!
J'ai envie de voyager, de vivre dans différents pays, de rencontrer des gens, de faire du bénévolat...
Faire tout ça avec un mec dans les pattes, c'est impossible. On n'a qu'une vie, je suis bien contente d'en profiter à fond pour moi.
De pouvoir être égoïste pour la première fois de ma vie.
Sinon c'était la crise de la trentaine assurée.
Ah non, mais Fred et toi, c'est différent!
Rien à voir!
Non non, je voulais pas...
Non mais attends, vous, c'est genre complètement différent!
Tu le sais, hein?
Louba?...
Aglee.

This GAY is MINE
Hey Julien? T'as déjà couché avec une nana?
Absolument. Plusieurs, même.
NOOO WAAAY!!!
Eh si. Je plaisais beaucoup à la gent féminine.
Oui ben ça, on n'en doute PAS. Mais que la réciproque soit vraie... Waow.
Si, si. Des petites meufs au lycée. Quand je pensais encore que mon côté QUEER était uniquement dû à une extrême sensibilité artistique...
Non mais TOI, avec une MEUF?! Je visualise pas du TOUT.
Tu as tort.
J'étais très doué, il paraît.
Doux et brute à la fois, la force rassurante et virile, mais sensible.
J'ai chaud...
Et si tu devais te taper l'une d'entre nous... Ce serait qui?
Moi! Je suis célibataire maintenant!
Moi je prends par le cul...
Mmh...
Peut-être Maud...
YES!!!
Quoi? Putain, t'abuses, on se connaît depuis 5 ans!
Mais t'es ma meilleure pote, Loulou...
Je ne peux pas.
Attends, on a TOUT vécu, tu m'as vue nue au Brésil, tu connais mes parents...
Justement, mouhahaha!
Chez toi ou chez moi, HOT STUFF?...
T'es vraiment un connard quand t'es hétéro.
Pff... Moi aussi je prends par le cul, hein.
Diglee

CONSTAT
Putain, c'est la vallée de la bouée ici... Chaton chéri, demain on commence un régime.
Je veux un mariage à la Kate Middleton, pas à la Babar et Céleste.
Je te préviens, j'achète pas ma robe de mariée en 42.
Diglee.

Sélection Naturelle
Et là il commence à m'avouer le truc, genre tout timide et tout gêné tu vois...
NAN MAIS, il POUVAIT être gêné : le mec voulait que je lui PISSE DANS LA BOUCHE ! ALLÔ !!!
Tant que c'est pas le contraire... Hahaha !
Non mais en mode "Sex & The City", quoi !... Je me retrouve à ne plus oser boire à chaque repas... L'angoisse suprême.
Parce que bon... à la limite, un petit pipi sous la douche... c'est okay.
Bien clair, sous l'eau, c'est gérable.
Mais là, le mec veut faire ça dans UN LIT !!! C'est pas TROP SALE ?!!
Vous parlez de quoi ?...
Pas maintenant, Amour.
Sérieusement : j'ai grillé mon quota de mecs normaux, ou quoi ?! Je ne tombe QUE sur des FREAKS !!! J'en peux plus !
J'avoue que tu cumules.
Je sais pas...
Peut-être que tu devrais revoir tes critères de sélection...
On voit bien mes seins, là, tu crois ?
Surveille mon sac, je vais lui filer mon numéro à la fin du match.
J'enlève mon soutif ou pas ?
...
Aiglee

Come-Back
Vous êtes sur la liste?
Non, mais on co
Alors vous faites la queue comme tout le monde.
LES FIiiiLLES !!!
C'est une blague?!
Tu l'as invitée?...
Stresse pas, ok?...
C'est ma meilleure pote et elle s'est fait larguer. Je ne fais que mon devoir...
Désolée...
Je suis en retard!
Et depuis quand Madame Petit Poney porte autre chose que des cols Claudine et des ballerines?
Reste calme.
Et depuis QUAND elle est bonne? On dirait Sophie, putain.
Elle est avec vous, cette jolie demoiselle?
"Cette jolie demoiselle"?! Et nous, on est quoi? Les vieux cageots de service?
OUI ELLE EST AVEC NOUS!...
Sans déconner, t'as pas vu mon body de biatch ou quoi?!!
Allez. Ce sera notre petit secret...
COOL!!!
Je suis trop contente!! Ça va être une soirée de FOLIiiiiE!!!
Bon. O.K, elle nous a fait rentrer...
Mais si elle pécho UN SEUL renoi...
Je la défonce.
Aglee.

Reine du Bal
Heuuu ?!
On en parle de Raiponce qui se fait prendre en sandwich par deux émos de 12 ans ?
Jalouse ? ...
Pfff, tellement PAS ! Attends que je débarque sur la piste, ça va faire mal.
Je suis sympa, je lui laisse un peu la place, tu vois.
Trop aimable.
Diglee.

CAPITULATION
Non mais décidément, Louise : JA-MAIS à l'heure ! C'est quand même dingue…
Ben, en fait… Elle va pas venir.
Ah bon ?
Ouais. Je voulais te voir seule.
Heu ?! T'es sûre de toi ?…
Oui, oh ça va, t'emballe pas…
C'est que… bah… j'ai rencontré un mec que je kiffe vraiment…
C'est un peu… C'est un peu la première fois depuis Sylvain que j'en ai pas rien à foutre, tu vois ?…
Et bon… ben Louise en ce moment avec le mariage, tout ça…
Je veux pas la saouler avec mes histoires de gamine. Genre… bon, elle a autre chose à foutre que m'écouter baver sur un renoi de plus…
Alors OUAiiiis, je sais, tu traverses une période pas facile, mais bon…
En même temps je me dis que ça peut aussi te changer les idées…
Enfin je veux dire…
Enfin, EN GROS, l'idée c'est qu'on passe un peu de temps ensemble parce que j'ai GRAVE besoin d'en parler.
Et je peux t'écouter aussi, un peu…
Voilà… T'en penses quoi ?…
Diglee.

DÉSILLUSION
Je vais prendre une salade lyonnaise.
Sans oeufs ni lardons, et vous me mettrez la sauce à part. Juste de l'huile d'olive et du citron.
Et un plat du jour, s'il vous plaît.
Bien, mesdames.
Mmmh... Tu es sûre que tu veux prendre le gratin dauphinois?
Chérie, c'est tellement riiiiiiche...
Bon sinon, quoi de neuf, Maman?
On déjeune ensemble, c'est nouveau.
Quoi?
Je n'ai pas le droit de déjeuner avec ma fille aînée?
Si, si, c'est cool.
Bon. Alors. Parle-moi de ton travail.
Eh beeeen... Ça va plutôt bien, on va sûrement décrocher un contrat avec la...
S'IL VOUS PLAÎT?!
Okaaay...
Et je suis en phase terminale d'un cancer généralisé. Mais ça va.
J'avais demandé une San Pellegrino!
Boooon ben c'est super, ça. Tout va bien, alors.
Si tu le dis.
Et avec Fred? Le mariage est toujours d'actualité?
Ah ben oui, plus que jamais. On a trouvé une superbe salle dans le Beaujolais.
MMH MMH. Parfait. Super.
Ah tiens, au fait, en parlant de mariage... Tu vas rire, haha.
Ton père me trompe depuis 6 mois avec une écervelée d'Américaine de 32 ans.
Tu crois connaître l'homme qui partage ta vie depuis 28 ans, mais NON. Tu réalises que c'est un lâche obsédé comme les autres. Hahahaha!
Diglee

FATHER ISSUE
Alors c'est VRAi ?!
Hein, Papa ?!
Tu ne devrais pas te mêler de ça, mon canard...
C'est entre ta mère et moi...
Heuuu ! Tu trompes Maman, tu nous mens depuis 6 mois !
Pardon de me sentir concernée !
Loulouuuu...
Tu confonds tout, là.
Non mais OK, Maman est genre tarée. Je ne sais même pas comment t'as tenu 28 ans.
Mais MÊME.
L'adultère, Papa, merde.
Je te pensais plus chic que ça.
C'est compliqué, mon lapin... Après trente ans, tu sais... c'est... bon... puis avec Beverly c'est différent...
BEVERLY ?!!
Sérieusement ?! Tu vas être ce mec de 56 ans qui quitte femme et enfants pour une BEVERLY ?!
Lapin...
Tu... Tu ne la connais pas...
Je suis sûr que si tu la rencontrais tu l'adorerais en plus.
Elle aime la mode, les voyages...
Mais je m'en FOUS, de Beverly !!! C'est juste une blague, c'est pas possible !
Elle a un chihuahua aussi, peut-être ?
Pas du tout. Elle a un spitz. Hem. Mais... non, mais là comme ça, c'est dur pour toi de le comprendre...
C'est pour ça que je voulais venir avec elle à ton mariage, pour que tu la rencontres...
HAHAHA !!!
Que tu es drôle !
Tu sais quoi, Papounet ? Je crois que je vais aller m'ouvrir les veines avec le verre des vitres implosées de la voiture qui va me percuter quand je vais sauter de ce véhicule en marche. Adieu !
Diglee

Les vraies questions
Ju ? Je peux te demander un truc ?...
Mais oui, ma sœur.
Est-ce que tu penses qu'on peut aimer la même personne toute sa vie ?...
Wow.
Non mais vraiment, je veux dire... ethnologiquement parlant.
Parce que plus je réfléchis à notre société de consommation suprême...
On change de portable dès que le nouveau modèle sort, on achète des kilos de fringues chez H&M qu'on ne porte qu'une fois...
Plus je vois ça, et plus... je sais pas... plus j'ai l'impression que notre génération est conditionnée pour le changement permanent...
Oui, c'est pas faux...
On renouvelle tout, tout le temps, au moindre problème. Alors comment on peut être sûr qu'on ne fait pas la même chose en amour ?!
Jusqu'où on peut se battre pour quelqu'un ?
Et tu te mets à réfléchir à tout ça à 3 semaines de ton mariage, donc ?
Ben... oui. Je me pose la question. J'aime Fred et notre histoire me comble...
... Mais qu'est-ce qui se passera le jour où ce sera tiède ?
Comment je saurai s'il faut me battre ou abandonner ?
Qu'est-ce que je serai prête à sacrifier pour lui ?...
Pourquoi tu devrais sacrifier quoi que ce soit ?
Ben... Parce que j'ai l'impression que pour qu'un couple dure, il faut faire des concessions...
Non ?
Pas forcément !
Regarde Anaïs Nin et Henry Miller : ils se sont écrit toute leur vie, même séparés et en couple avec d'autres...
Ils ont vécu ce qu'ils voulaient vivre sans se trahir, et en gardant une inébranlable estime de l'autre.
Mmh... Oui mais alors est-ce que c'est vraiment de l'amour ?..
J'ai quand même envie d'être essentielle à l'autre.
Je veux que ça marche ENSEMBLE, et que le quotidien ne soit pas un poids. Je veux être l'unique.
Tu ES mon unique, mon lapin.
♪ et seuul faiiis de toiiiii MON ESSENNTIEEEELLE ♪
Putain, c'était quand même vachement plus simple quand le plan, c'était de t'épouser TOI.
Mais maintenant que t'as le droit de te marier avec tes mecs, je fais COMMENT, moi ?
Hein ?
Viens làààà...
Je sais.
T'es ma PUTAIN d'âme Sœur, Julien.
Diglee

27 Robes
Yeah baby! Très tapis rouge...
Haha! Bustier en broderie de grand-mère : check.
Un peu plus meringue, ce serait bien, là c'est un peu sobre.
Oooh oui, prends la pose!
Tou è magnificique, ma chéééérie!
Putain...
Je vais me marier.
WoUHOU!!!
Diglee.

MOTHERHOOD
Ça fait quand même 3 semaines que je suis avec Daniel... Il est génial.
Tu crois que je pourrais l'inviter au mariage ?...
Aaah ben tout dépend...
(Et heuuu, Maman : les lunettes de soleil au petit déj, t'étais pas obligée, hein.)
Je suis désolée Louloute... je suis rentrée à 6h du mat', je suis crevée.
Génial...
On était avec Sylvie et Mireille à la Bodega... Pffou ! C'était la folie !
Oui, bon, on peut revenir à moi, please ?
Oui, pardon : Daniel.
Tu as vu sa mère ?
Non, pas au bout de 3 semaines, non.
Parce que ça, ma fille, c'est HYPER important. Tu vois la mère, tu comprends illico à qui tu as affaire.
Ouiii baaah...
Attend, je regarde sur son Facebook.
Ah ben non, sa mère est pas sur Facebook... Merde.
Et moi, t'as vu mes photos de la soirée chez Michel ?
Ouiiii, et j'aurais préféré ne pas les voir, d'ailleurs.
OOOH, c'était drôle ! Avec Patricia déguisée en FEMEN. Haha !
Aaaah, c'était donc ça.
Tiens, là c'est lui l'année dernière...
Bon, on se rend pas trop compte parce qu'il a pas du tout cette barbe, mais...
OUAH ! AH OUIIIIII !!!
Il est SUPER CANON !!!
Il aurait pas un petit frère célibataire, par hasard ?... Huhu !
MAMAN !!!
Bah, quoi ?...
Attend, je vais être la seule mère célibataire à ce mariage...
C'est horrible !
Mais nooon... Les parents de Louise viennent séparément.
Ah bon ?! Ils se séparent ?! Quelle tristesse !!!
Bah, ouais... Après presque 30 ans de mariage...
Punaiiiise...
Et... son père, il est bien ?
Diglee

BATTANTE
Ma Lou...
J'ai une grande nouvelle.
Je me suis reprise en main.
J'ai fait un bilan de ma vie...
...et j'ai quitté mon boulot !
NON ?!!
Si ! Marre d'être traitée comme la dernière des connes.
J'ai dit merde à ma boss.
Nooo waaay ?!!
Et comme je préparais ça depuis plusieurs mois, j'ai pu monter ma boîte d'événementiel en auto-entrepreneur.
NON ?!!
Mais c'est GÉNIAL ! C'est ton rêve !
Je sais !
Et du coup, comme j'étais lancée...
J'ai même changé de couleur de vernis.
WÔW !!!
Attends attends, reprends depuis le début.
Diglee.

E.V.J.F

Single BITCH
PHOTOS AVEC GAGA! 1€
Single BITCH
Single BITCH
Diglee

RÉVÉLATION
Non mais ça ne me dérange pas que tu sois musulman !
En même temps tu pouvais t'en douter.
Attends, c'est quoi ces clichés à la con ? Parce que t'es black, t'es forcément musulman ? Ah ben bravo !
Tssss...
Tant que je peux continuer à manger du jambon et à montrer mes cheveux... je m'en fous.
Fais pas trop ta maligne.
Je suis bien avec toi.
Ouais, on est bien tous les deux, Bébé.
Ça fait tellement de bien... Ça me surprend encore.
Pourquoi ?
Bââââh, parce que jusque-là j'ai surtout fréquenté des tocards à forte tendance égoïste.
Ah bon ?...
Mais...
T'as eu beaucoup de mecs ?...

Daniel, chéri... Est-on vraiment prêts à aborder cette question ?
Moi je ne te demanderai jamais combien de meufs tu as eues avant moi.
Six.
Puisqu'on est dans la confession...
J'ai un truc à te dire...
Aaaah, voilà... vas-y.
Changeons de sujet.
J'ai eu une histoire très sérieuse il y a 5 ans...
Et... cette histoire a laissé des traces, tu comprends.
Oui, oui, évidemment.
C'est normal !
... Et l'une de ces traces est TRÈS importante.
Elle s'appelle Lili.
Elle a 4 ans.
C'est ma fille et je la garde un week-end sur deux.
Je comprendrais que ce soit trop à accepter.
C'est pour ça que je préfère t'en parler maintenant.
JE VAIS ÊTRE BELLE-MÈRE !!!
Diglee.

SAGESSE
Eh ben, mon coeur, tu es ravissante comme ça. Il en a de la chance, ce Fred.
Haha!
Attends de le voir en costume...
J'ai pas mal de chance aussi!
Oh, j'aurais aimé que Papy te voit jolie comme ça, mon chou.
Oui, moi aussi.
"La petite Louise, elle ne se mariera jamais", il me disait.
Haha!
La Loulou, c'est une petite hirondelle qui a soif de liberté : il faut savoir la laisser s'envoler de temps à autre.
Ah, bon, il disait ça?
Oui... parce que tu lui faisais beaucoup penser à moi jeune.
Je lui disais toujours qu'il ne réussirait pas à m'épouser, que je voulais rester libre à tout prix.
Mais à l'époque, une jeune femme non mariée c'était pas joli-joli. Alors j'ai dit oui.
Je pensais regretter mes ailes... Mais ton Papy a été un mari exemplaire. J'ai été une femme comblée.
Peut-être que la vraie liberté, ma Louise, c'est aussi juste d'être aimée de la personne qu'on aime...
Merci Mamie.
Diglee

CHOC.
Tu connais qui toi, ici ?..
Je suis le mec de Julien.
Ah.
Oh.
Hem.
Et toi ?
Je suis le mec de Maud.
HouUuu !
Quoi ?
Non rien. Elle a l'air géniale. Hem.
C'est juste que la première fois que je l'ai rencontrée, on a eu une merveilleuse conversation.
Ah bon ?
Huhu !
On s'est mis d'accord sur une vérité fabuleuse :
"Si ça rentre pas dans ma bouche, ça ne va pas dans mon cul."
HAHAHA !
On devrait en faire un T-shirt : "Don't fit in my mouth, won't fit in my ass."
HAHAHA HAHA HA !
MAIS, PUTAIN, NICO !!!
C'était drôle. Très drôle.
Diglee.

Attention WHORE
Louise : avant d'être mon amoureuse, tu as été mon amie, ma partenaire de crime, mon ombre, ma jumelle... on a presque tout vécu ensemble.
Puis un jour, c'était comme une évidence. J'ai su que je voulais plus.
Que je pouvais t'aimer plus encore.
C'est beau...
Les amis... je vois ça, et je me dis que c'est ÇA, le vrai amour.
Amen.
Du coup, ça me fait douter...
Est-ce que Daniel sera le bon ?...
Je vais bientôt avoir 30 ans, je voudrais des enfants... je veux être heureuse et amoureuse !
Le fait qu'il ait une fille, est-ce que c'est un...
UNE FILLE ?!!!
Putain, même le jour de son mariage, t'arrives à voler la vedette à Louise...
MAIS PAS DU TOUT !!!
Chuuut chérie...
Pas maintenant
J'ai le droit de me soucier de MA vie sentimentale !
CHUT
Un mec avec un enfant, Maud... Sérieusement...
Diglee

PREVIEW
Bonjour à tous ! Je voudrais porter un toast.
Je me présente :
Je suis la mère de la mariée ! Gladys, 53 ans, Balance ascendant Scorpion, pour ceux que ça intéresserait...
Je voulais souhaiter tout le bonheur du monde à ma fille chérie, qui a l'air d'avoir trouvé un mari charmant.
Enfin, remarquez, c'est ce que je pensais aussi quand j'ai épousé Christian il y a 28 ans.
Putain, tu l'as laissée boire !!
Tu devais la surveiller, Julien !
Je m'en occupe !
Coucou Chri-Chri !
Hi Beverly !
Hiii !
Chri-Chri et Beverly, je vous souhaite tout le bonheur du monde. 28 ans de mariage contre six pauvres mois de flirt largement influencés par les prothèses mammaires de Beverly... Santé !
C'est drôle, le mariage !...
Vous choisissez votre mari gentil, timide, pas trop sûr de lui et pas trop beau, et vous vous dites qu'au moins, il ne vous trahira jamais !
Madame Tessier ?...
Venez avec moi, on va aller prendre l'air...
Madame TESSIER ?!! Hahaha !!!
Mon petit, je ne suis PLUS Madame Tessier ! Regarde : est-ce que tu vois Monsieur Tessier à mon bras aujourd'hui ?!
NON !
Il est là-bas avec sa Beverlyyyy !
Laura ! Il faut que tu parles à ta mère !
Putain, Daniel veut se barrer !! Où est Nico que je le TUE ?!
What's happening Honey ?!!
Hey, Maud, tu devrais déjà surveiller ta mère.
elle drague mon cousin...
QUOI ?!! Elle est où ?
T'inquiète pas, Poussin...
Nous, on sera heureux
Je te le promets.
Diglee.

Épilogue

Diglee.

À mes potesses Marie, Maud et Audrey, qui ont accepté de prêter leurs traits, prénoms et aventures à ma plume envahissante et sans tabou. Les filles, merci de m'avoir fait confiance, et d'avoir répondu sans concessions aux mille et une questions, aux milliards de mails et aux bicentaines de séances photos imposés par ma personne. YOU ROCK ! Je vous aime.

À Anaïs, pour sa patience légendaire sur cet album que j'ai rendu 6 mois en retard, et sans qui, de toute façon, ce dernier n'existerait même pas. Merci de m'avoir boostée, et d'y avoir cru pour moi. ♡♡♡

À mon DINDON, toujours prêt à me gronder quand je n'avançais pas, et à s'investir à fond dans ma recherche de doc' en me proposant par exemple des clips de Miley Cyrus. MACEEEEY !
(Et puis bon, parce que c'est quand même ta soeur et ses potesses l'origine de tout ça...). YOU ARE THE BEST !

À mon jumeau diabolique, mon MAXOU, soussou de mon coeur, qui m'a inspiré le personnage de Julien (EH OUAIS, SUPRAÏSE BABY !).

À tous ceux qui ont contribué, sans le savoir, à l'écriture de cet album, de profils Adopte-un-Mec à l'Homme qui pissait assis : BIG UP.

Diglee.

Avec l'aimable participation de :
MAMAN!!! Je te JURE que c'est de la fiction ! Elle a TOUT inventé !!!
J'ai même pas des vraies Isabel Marant !
Maud
OH, ma SOUSSOUUUU!!! Mais tu m'avais pas diiiiiiit!!!
Je suis flatté !
Maxou

Mais j'ai jamais dit ça!
Attends, t'as complètement brodé, là...
Tu diras bien dans la BD que c'est "inspiré" de nous mais que t'as grave brodé, hein?
Audrey
Moi, je m'en fous, c'est ni mon nom, ni ma tronche, hinhinhin.
Marie

Du même auteur,

"Autobiographie d'une fille GAGA"
"Confessions d'une GLITTER ADDICT"
Éditions Marabulles

"Love, Friendship & autres complications"
Éditions Fleurus Mame

le blog de Diglee : http://diglee.com